D1484731

loqueleo

PALABRUJAS
D. R. © del texto: Edgar Allan García, 2002
D. R. © de las ilustraciones: Eduardo Cornejo, 2002

D. R. © Editorial Santillana, S. A. de C. V., 2016
        Av. Río Mixcoac 274, piso 4, Col. Acacias
        03240, México, Ciudad de México

Primera edición: julio de 2016
Primera reimpresión: marzo de 2017

ISBN: 978-607-01-3125-7

Impreso en México

Reservados todos los derechos conforme a la ley. El contenido y los diseños
íntegros de este libro se encuentran protegidos por las Leyes de Propiedad
Intelectual. La adquisición de esta obra autoriza únicamente su uso
de forma particular y con carácter doméstico. Queda prohibida su
reproducción, transformación, distribución y/o transmisión, ya sea de
forma total o parcial, a través de cualquier forma y/o cualquier medio
conocido o por conocer, con fines distintos al autorizado.

www.loqueleo.com/mx

Palabrujas

Edgar Allan García

Ilustraciones de Eduardo Cornejo

loqueleo

Presentación

Un secreto: cuando las palabras se ponen altaneras, se vuelven palabrotas y cuando se ponen majaderas, se vuelven palabrejas; mas, cuando les da por hacer magia, se les conoce en el mundo de los unicornios como palabrujas.

Si las miras bien, descubrirás que cada palabruja tiene un trío de ojos chispeantes, una boca grande con risa incorporada y un puñado de manos ágiles como alas de mariposa.

Por eso, tan pronto te descuidas, las palabrujas sacan un sombrero del fondo de un conejo o extraen un príncipe amarillo de un manojo de naipes azules, pues solas o en enjambre, con o sin escoba, casi siempre terminan por liberar a los payasos, poner la casa de la razón patas arriba, rescatar en el momento preciso la ternura perdida, reírse a carcajadas bajo los días de lluvia y —si las dejan— convertir en niños con alas a los ancianos de nueve años.

Aunque no lo creas, en esto no hay truco, ni traca, ni triqui: lo que sucede es que cuando llegan las palabrujas, ni el abra ni el cadabra riman con las conocidas patas de cabra, sino con los latidos de tu loco corazón.

La bruja Maruja
apretuja las palabras,
palabrejas, palabrujas,
mientras soba y resoba
la escoba embrujada,
pero al menor descuido ¡abracadabra!,
se escapan volando, volando...
una por una bajo la luna anaranjada.
Edgar Allan García

La rana loca

La rana chapotea en el lago
mientras el agua
sube que sube

la rana danza en la nube
mientras el agua
cae que cae

la rana no sabe que sube
la rana no sabe que cae

y a la nube no le cabe
que una rana loca
entre gota y gota
baile, cante y nade.

Mi sombra

Mi sombra me sigue,
mi sombra me atrapa,
mi sombra se encoge,
mi sombra se alarga,

me imita y se esfuma,
se dobla y se agranda
y baja cuando subo
y sube cuando bajo

y sin ningún trabajo
es dinosaurio o nube,
es gigante o enano
y está donde ya estuve.

Sombra que prolongas
la noche en el día,
ahí donde te pongas
eres mi otra y la misma,

sombra que asombras
bajo sombrero o sombrilla,
dime en silencio, hermana,
dime, ¿por qué no brillas?

Regalos

Te regalo
un pedazo de viento,
la presencia de los ausentes,
la mariposa del tiempo,
un río redondo y sin puentes.

Te regalo
un arcoíris blanco,
los sueños lobos de mi perra,
la hermosa luna negra,
una jirafa cantando sobre zancos.

Te regalo
una sonrisa de gato,
el gran árbol que camina,
un beso de mi lagarto,
la rosa que no sabe de espinas.

Te regalo
en este abrazo, vida mía,
las locas alas
de mi fantasía.

Verdad de verdad

Si Pinocho me dijo
la verdad,
Peter Pan era mayor
de edad,

no fue el loco Mambrú
a la guerra
ni el tal Alí Babá entró
a la cueva,

era un Perro con Botas,
no Gato,
y era feo el gran Buitre,
no el Pato.

El zapatito de cristal
se rompió
y con la Bruja el Príncipe
se casó,

el Lobo Feliz era amigo
de la Abuela
y la tal Caperucita
una locuela,

la Bella fue la Bestia
del cuento
y la que tanto dormía
un esperpento,

Aladino no frotaba
lámparas, las encendía,
y el famoso Genio era
un Burro con zapatillas;

¿Blanca como la Nieve?,
linda mulata,
¿y el Príncipe Azul?,
toda una lata

soplaron los Tres Chanchitos
para derribar mi versión,
y este problema...
digo, este poema
a su fin llegó.

Hor...mi...gas

a Saraluz y Solsiré

Miles de hormigas hormiguitas hormigotas
se pasean por tu cama y por tus botas
escampan en tu ombligo, acampan en mi
boca llegan en fila india y se frotan
corren lamen danzan
zampan liban trotan
muy educadas en silencio
se pasean por la alfombra

cuántas hormigas suben  suben suben
cuántas hormigas bajan bajan bajan

hervidero aluvión barahúnda
torrente multitud muchedumbre
desde la bañera hasta el pajar
desde la antena hasta el radar
desde la cima hasta el mar
bajan trabajan rebajan
suben trasuben resuben
pasan repasan y vuelven a pasar

hormigas  hormiguitas
hormigotas
tan alegres tan niñas
tan locas
que iluminan el mundo
sin descansar.

Un pirata

Un pirata quiero ser
pero sin pata de palo,
sin parche tengo que ver
cuando vengan los escualos.

Nada de barba ni gancho,
no quiero guerra ni escándalo,
¡al abordaje!, no gritaré,
seré más flaco que ancho.

No habrá tesoro enterrado
pues a nadie robaré,
como un ladrón muy honrado,
mi alcancía regalaré.

Un pirata quiero ser,
uno de mentira o de veras,
¿y todo para qué?,
pues... para que me quieras.

Secretos

Sacarle las vendas
a una momia
o despertar a gritos a un vampiro
trae buena suerte.

Tomar toda la sopa
de acelgas
o estudiar matemáticas en domingo
trae mala suerte.

Meter un sapo en el bolso
de la vecina
o reírte a carcajadas de Pie Grande
trae buena suerte.

Prestarle tus alas al hijo del inspector
o regalarle una estrella a Lulú
trae mala suerte.

Por suerte,
no hacerle caso a la mala suerte
trae buena suerte,
ay, pero escribir poemas sobre la suerte
trae muy mala suerte...

¿no les dije?

Soy

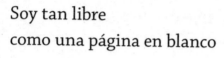

Soy tan libre
como una página en blanco

tan sueño
como la espesa niebla
que besa los parques

tan revoltijo
como una selva de pájaros
recién llegados

tan vida
como un ojo de agua
que mira el cielo del desierto

tan apenas
como el primer trino de luz
que anuncia la mañana

pero creo
que no lo sabes
porque me miras
como si sólo fuera tu hijo.

La luna

A los niños cambia de cuna
y a los viejos la fortuna

el mar cambia la espuma
y el leve rumor de la laguna

cambia la brisa inoportuna
y los senderos de la bruma

crece sin explicación alguna,
lo cambia todo y se esfuma.

Mas, preguntemos todos a una,
¿sólo a la luna no cambia la luna?

¿Quién da más?

Yo propongo
ve ve ve veinte,
dijo la oveja.
Yo ofrezco
cua cua cua cuarenta,
afirmó el pato.
¿Ah sí?, pues yo doy
qui qui qui quinientos,
aseguró el gallo.
Es **mu mu mu mu**cho para mí,
se entristeció la vaca.
Y así fue como
desde aquella extraña subasta,
el gallo se quedó
con el sol.

Somos

Somos una pandilla de barcos
navegando en el mar de la luna.

Somos la sombra de un puma
bailando en los soles de un charco.

Somos un arcoíris de espuma
en los cuernos de un toro blanco.

Ola, musgo, viento en la bruma,
pedazo de sueño y de encanto.

Sí No

No, le digo a tu **sí**,
sí, contestas al **no**,
que **sí**, que **sí**,
que **no**, que **no**,
hasta que digo **sí**,
y tú que **no**,
que así **no** vale un **sí**,
que así mejor **no**,
que cuando el **no** es un **sí**,

se debe contestar **no**,
que **sí** debe ser **sí**
y **no** debe ser **no**,
y que siempre será así
de Chiribí a Chiribón.
Este es mi sino,
claro que **sí**,
y aunque digas que **no**,
yo diré que **sí**,
pues con el **sí**
o con el **no**,
por ti late
—bomba de chocolate—
mi corazón.

Seamos claros

En un lugar que no recuerdo
conocí a no sé quién
que tenía algo de alguien
pero en seguida lo olvidé...

a las no sé cuántas horas
al fin pasó un no sé qué
haciendo cualquier cosa
pero nunca supe qué...

alguien, en algún lado,
gritó algo ¿para qué?
nadie lo vio, nada vino,
sólo entonces desperté.

Sueño

Muchas veces despierto
navegando en un sueño,
un sueño en que me veo
justo cuando despierto,

con los ojos cerrados veo
que navego en otro sueño,
un sueño en que descubro
que voy soñando despierto,

sueño despierto y veo
que al despertar me sueño
y, cuando abro los ojos,
en otro sueño despierto.

La foto movida

Que yo recuerde...
el abuelo no colgaba del techo
pues estaba arropado en su lecho
y era un perro lo que acariciaba su mano,
no ese extraño enano.

En vez del fantasma sin cabeza ni pies
estaba mi primo Andrés
y arrimada a la pared estaba Rita,
no esa graciosa lagartija.

¿Que por qué Remedios la Bella
salió con cara de pez
y la lora Inés
parece una estrella?

A mí no me pregunten,
que no tengo ni la menor
ni la mayor idea.

Sólo sé que tía Laura
no es aquel marciano con barba
y que la prima Mariela
parece una torta con velas.

Pero miren nada más qué lío,
alguien movió la foto
y en vez de mi familia...
salió un terremoto.

Preguntas

a Alejandro

Si mi profesora
me enseña a usar el "punto y coma",
pero en el almuerzo
mi mamá insiste en el "coma y punto",
¿a quién le hago caso
en ese asunto?

Si en la escuela nadie quiere
enseñarme el "punto de caramelo"
mucho más dulce que los aburridos
"punto aparte" y "punto seguido",
¿a quién debo hacer
ese pedido?

Si quiero que las letras vuelen
sin márgenes ni cuadernos
y que las gaviotas sean un visto bueno
en la pizarra azul del cielo,
¿por qué debo callar
lo que yo quiero?

Y si mi lágrima es una pizca de ola
con nostalgia del mar
y mi risa un pequeño huracán
que tiene ganas de volar,
¿por qué no amar el viento,
por qué no ser el mar?

Adivina adivinador

a mis hijos e hijas
alas de mi alma

Adivina adivinador:
es increíble de lejos
y una maravilla de cerca.
Tiene dos cejas, dos orejas
y un hermoso corazón.

Si hasta contar tres,
no adivinas quién es,
no pierdas más el tiempo
y mírate en un espejo:
eres tú y tu reflejo,
la viva imagen de Dios.

No olvides

a Juan Gabriel

No olvides
entender para encender
sentir para escribir
tocar para volar
perder para saber
construir para subir
amar para encontrar
y
siempre siempre
vivir para vivir.

Un duende

a Isabel

Claro que hay un duende...
pero depende:
si bajo la cama no está,
es seguro que está bajo la cama
y si se balancea en la rama,
es que en la rama no está.

Cuando pasa corriendo por aquí,
yo juraría que nunca lo vi,
es viento en el viento,
voz que carece de voz,
un silencio que rompe el silencio,
un antifaz visto desde atrás.

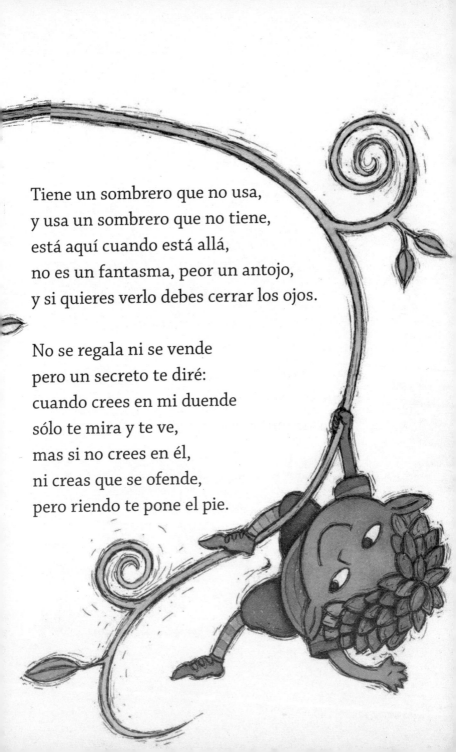

Tiene un sombrero que no usa,
y usa un sombrero que no tiene,
está aquí cuando está allá,
no es un fantasma, peor un antojo,
y si quieres verlo debes cerrar los ojos.

No se regala ni se vende
pero un secreto te diré:
cuando crees en mi duende
sólo te mira y te ve,
mas si no crees en él,
ni creas que se ofende,
pero riendo te pone el pie.

Recetario

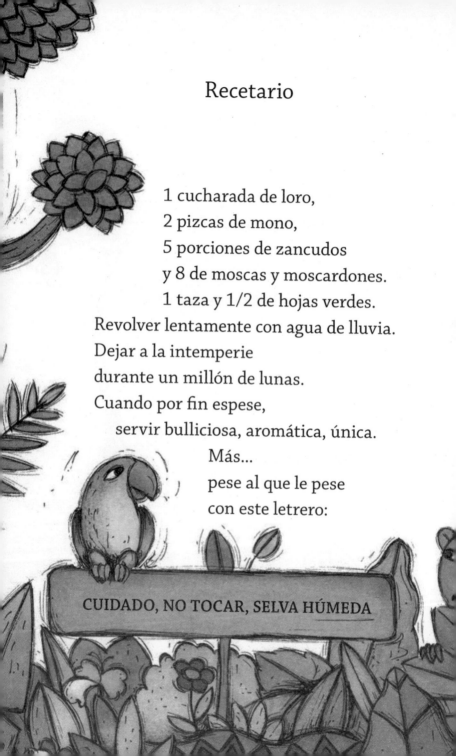

1 cucharada de loro,
2 pizcas de mono,
5 porciones de zancudos
y 8 de moscas y moscardones.
1 taza y 1/2 de hojas verdes.
Revolver lentamente con agua de lluvia.
Dejar a la intemperie
durante un millón de lunas.
Cuando por fin espese,
    servir bulliciosa, aromática, única.
        Más...
        pese al que le pese
        con este letrero:

CUIDADO, NO TOCAR, SELVA HÚMEDA

Caperucita feroz

a Martín

Caperucita estaba furiosa,
más que furiosa, feroz.
Por desgracia se cruzó
por su camino un lobito distraído,
uno que casi no tenía dientes ni voz.
Te voy a morder, gritó Caperucita,
y el lobo, ay, pobre lobo, se asustó.

Sólo la abuelita del cuento
podía salvarlo del mordiscón,
pero estaba tan contenta
conversando con el leñador
que nada vio o nada hizo
(le importaba un chorizo)
y el lobo, ay, pobre lobo, se fregó.

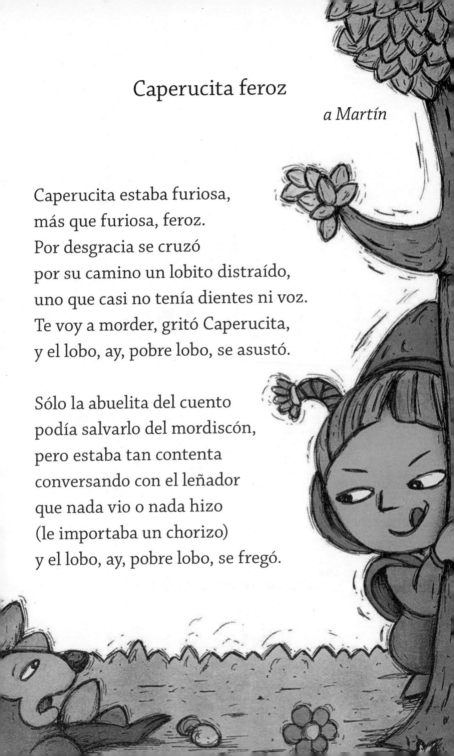

Eres...

Absolutamente genial

Bellamente alegre

Completamente agradable

Definitivamente excepcional

Enteramente fascinante

Fantásticamente amigable

Gratamente importante

 Honestamente humilde

Increíblemente responsable

Justamente inconforme

Kilo por kilo una maravilla

Lúcidamente hábil

Magníficamente inteligente

Naturalmente fuerte

Obviamente sensacional

Positivamente irresistible

Quijotescamente libre

Realmente confiable

Supremamente optimista

Totalmente inolvidable

Unicamente chispeante

Vivamente feliz

Wácalamente hechizante

Xilofónicamente musical

Yerbáticamente natural

Zafadamente sublime

...y esto es **1-nime** (unánime)
nada **2-ificado** (dosificado)
y sobre todo **sin-0** (sincero);
si acaso te sientes **10-mado/a** (diezmado/a),
5-lera (sin cólera) repite **3** veces
(si eres *ÉL*) soy un *PRIMOR OSO*
(si eres *ELLA*) soy *GRAN DIOSA*
¡viva la vid, viva la vida!

Sobre una idea original de Lynda Altmann

Para jugar con palabrujas

1. La rana está loca, ya lo has visto, pero tiene una hermana mayor que siempre le reclama: *Pero, hermanita, deja las locuras.* Imagina qué más le dice.

2. Tu sombra se encuentra contigo en un sueño y te cuenta cómo es el país de las sombras y las sombrillas. Escribe lo que te dice.

3. Si tuvieras que regalar a un ser de otro planeta algo muy, pero muy especial, ¿qué cosas le regalarías?

4. Imagina que la historia de la Cenicienta no es verdad, ¿qué pasaría si la Cenicienta se encontrara contigo y te contara una historia que no conocías de ella y el príncipe? Escribe lo que se te ocurra sobre esa historia.

5. Piensa que eres tú quien da clases y que tu profesora, tu papá o tu mamá, son tus alumnos. ¿Cómo se portarían? ¿Qué te dirían? ¿Qué les dirías?

6. Las hormigas tienen un reino secreto: cuando entras a su cueva (y sólo puedes hacerlo si te empequeñeces al máximo) ellas te muestran cómo viven y trabajan. Imagina que una de ellas empieza a decirte: *¡qué bueno que hayas venido! Ven, déjame mostrarte nuestro pequeño palacio. Por allá es-tá la reina que...* (continúa).

7. ¿Qué es lo que más te gustaría ser de grande? Escribe cómo sería tu vida en un día cualquiera, haciendo lo que sueñas hacer.

8. Si quisieras escribirle una carta a un pirata, ¿qué le contarías o pedirías?

9. Imagina que te encuentras un objeto que te da buena suerte, ¿qué crees que pasaría si tuvieras ese objeto mágico todo un día?

10. Si en la luna vivieran otros seres, ¿cómo se reían, qué comerían, qué cosas contarían sobre el planeta Tierra?

11. Luego de leer el poema "Soy", escríbele una carta a tu mamá para contarle que no eres sólo un niño o una niña sino algo más, por ejemplo: una estrella que ha bajado a la Tierra para...

12. ¿Cómo fue que el gallo se quedó con el sol? ¿Crees que es por eso que canta cuando éste se levanta?

13. Lee el poema "Seamos claros", y luego escribe de qué imaginas que habla y qué sucedió en realidad.

14. ¿Qué es lo que más gracia te hizo del divertido poema "La foto movida"?

15. ¿Habías pensado en que una lágrima puede ser en realidad una pizca de ola con nostalgia

del mar? Imagina que una lágrima —tuya, por ejemplo— empieza a buscar el mar: ¿Cómo sería su regreso?, y ¿qué aventuras pasaría hasta volver al mar?

16. ¿Qué le pasó a Caperucita?, ¿por qué se volvió loca? ¿Y el lobo?, ¿qué le pasó al pobre lobo? Escribe lo que crees que sucedió.

17. ¿Estás de acuerdo con el poema Eres? Si es así, explica en una carta por qué eres una persona maravillosa.

18. Dibuja un duende y cuenta una historia en la que te encuentras con él y deciden hacer mil travesuras.

19. ¿Qué cosas o animales le aumentarías a la receta para hacer una selva húmeda? ¿Por qué no se debe tocar la selva húmeda?

20. Luego de leer "Adivina adivinador", mírate en un espejo y escribe lo que ves.

Índice

Aquí acaba este libro
escrito, ilustrado, diseñado, editado, impreso
por personas que aman los libros.
Aquí acaba este libro que tú has leído,
el libro que ya eres.

Este ejemplar se terminó de imprimir en marzo de 2017,
en COMERCIALIZADORA DE IMPRESOS OM S.A. de C.V.
Insurgentes Sur 1889 Piso 12 Col. Florida
Álvaro Obregón, Ciudad de México.